ALBUM

DE LA

GARDE MOBILE

D'EURE-ET-LOIR

COMPRENANT LE RÉCIT DE LA CAMPAGNE DE 1870-71

Par SILVY

VICE-CONSUL DE FRANCE A EXETER, EX-LIEUTENANT DE LA 7ᵉ COMPAGNIE DU 4ᵉ BATAILLON

Avec cartes géographiques, plans, dessins et vues photographiques des principales villes.

PREMIÈRE PARTIE

ÉPERNON

Les Cartes, plans, dessins et vues annoncés
ne sont pas encore imprimés. Il est même
probable que l'ouvrage restera sous ce
rapport, incomplet. Rép. du 4 avril 1873

PUBLIÉ

PAR DUCHON, Libraire, 9, rue du Soleil-d'Or, Chartres

—

1872

ALBUM

DE LA

GARDE MOBILE D'EURE-ET-LOIR

CHARTRES. — IMPRIMERIE DE GEORGES DURAND, RUE DE L'HOSPICE.

ALBUM

DE LA

GARDE MOBILE

D'EURE-ET-LOIR

COMPRENANT LE RÉCIT DE LA CAMPAGNE DE 1870-71

Par SILVY

VICE-CONSUL DE FRANCE A EXETER, EX-LIEUTENANT DE LA 7ᵉ COMPAGNIE DU 4ᵉ BATAILLON

Avec cartes géographiques, plans, dessins et vues photographiques des principales villes.

PREMIÈRE PARTIE

ÉPERNON

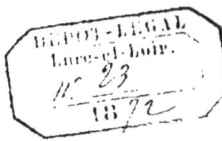

PUBLIÉ

PAR DUCHON, LIBRAIRE, 9, RUE DU SOLEIL-D'OR, CHARTRES

1872

ALBUM

DE LA

GARDE MOBILE D'EURE-ET-LOIR

PREMIÈRE PARTIE

ÉPERNON

A MES COMPAGNONS D'ARMES ET DE CAPTIVITÉ

En entreprenant de retracer par la plume et le crayon la campagne que nous avons faite ensemble, j'assume un rôle assez difficile et crois devoir d'abord vous dire ce qui m'enhardit à me constituer votre historiographe.

Enfant, j'eus pour maître de dessin un artiste qui excelle dans la peinture des scènes militaires, M. H. de Lalaisse, professeur à l'Ecole polytechnique. Jeune homme, je fis avec lui, en 1857, un voyage de six mois en Algérie; comme je sentais l'insuffisance de mon talent, pour recueillir des vues exactes des lieux que nous parcourions, je m'adonnai à la photographie, et, pour exécuter le programme de la mission dont j'avais été honoré par S. Exc. le Ministre de l'Instruction publique, je m'attachai spécialement à reproduire tout ce que présentait d'intéressant, au point de vue archéologique et historique, la Kabylie, cette nouvelle province que nos armes venaient de conquérir, et où les Européens n'avaient pas pénétré depuis l'occupation romaine.

C'est alors que je compris combien la photographie pouvait rendre de services à la suite d'une armée, et que je commençai à en étudier les diverses applications.

En 1859, au début de la guerre d'Italie, je fus officiellement nommé pour accompagner l'Empereur dans cette campagne, et recueillir, à l'aide d'instruments spéciaux, les renseignements topographiques et nécrologiques si utiles à l'histoire; mais la rapidité des opérations ne me permit pas de m'y joindre, et nos soldats avaient eu le temps de battre les Autrichiens à Montebello, à Palestro et à Melegnano, avant que ma nomination fût sortie des cartons du ministère.

Dans cette dernière bataille succombaient un grand nombre d'officiers du 1er régiment de zouaves, qui m'avaient offert de me faciliter mon travail en transformant en laboratoire une de leurs voitures de cantine, et il devint évident pour moi que ce n'est pas au milieu des opérations militaires que la description peut s'en faire utilement ; ce n'est qu'en revenant plus tard sur le terrain, en étudiant les positions occupées par les combattants et en confirmant ses souvenirs par le témoignage des habitants des pays où les engagements ont été livrés.

Je n'en continuai pas moins mes études d'application de la photographie à l'art militaire, et en 1867 j'étais arrivé, avec le concours du commandant du génie Laussedat, professeur à l'École polytechnique, à construire un appareil enregistreur qui reproduisait automatiquement, sur une seule feuille de papier, le tour entier de l'horizon, et je comptais l'expérimenter dans la guerre dès lors imminente entre la France et la Prusse.

La conférence de Londres conjura cette guerre, et lorsqu'elle éclata au mois de juillet 1870, je compris que la France avait plus besoin de soldats que d'historiographes, et voilà comment je me suis trouvé dans vos rangs au lieu d'être attaché à l'état-major de l'armée, comme j'en avais toujours eu l'ambition.

Si tristes que soient les événements auxquels nous avons pris part ensemble, je souhaite, mes chers camarades, que mon album vous intéresse en vous remettant sous les yeux les principaux épisodes d'une campagne glorieuse malgré nos revers.

SILVY,

Lieutenant à la 7ᵉ compagnie du 4ᵉ bataillon,
Vice-Consul de France à Exeter.

AVANT-PROPOS

Tout le monde a encore présents à la mémoire les faits rapides et émouvants qui ont signalé le mois de juillet 1869, les difficultés survenues entre la France et la Prusse au sujet des bruits de prochaine accession du Prince Hohenzollern au trône d'Espagne, les garanties demandées par l'Empereur Napoléon III au roi Guillaume : que non-seulement le prince de Hohenzollern renoncerait à cette couronne, mais encore qu'aucun prince de Prusse n'y élèverait de prétentions, le refus hautain du roi de Prusse d'accéder à cette demande, la déclaration de guerre faite par M. le duc de Grammont, acclamée par le Sénat et le Corps législatif, enfin l'assurance donnée aux Chambres par le maréchal Le Bœuf que la France était prête.

Les conséquences de cette déclaration de guerre furent le rappel immédiat sous les drapeaux de tous les soldats de l'armée active ou de la réserve, et l'organisation de la garde nationale mobile qui, bien que décrétée depuis le 1ᵉʳ janvier 1868, n'avait jamais été réunie ni équipée, excepté à Paris.

Le 4ᵉ bataillon de la garde mobile d'Eure-et-Loir n'avait de complet que le cadre de ses officiers principaux : le commandant, M. le comte de CASTILLON DE SAINT-VICTOR, ancien sous-lieutenant au 2ᵉ hussards, blessé à Solferino et chevalier de la Légion d'honneur. Les capitaines des 8 compagnies étaient :

1ʳᵉ compagnie : le comte de LOYNES.

2ᵉ compagnie : le capitaine ROCHE.

2

3ᵉ compagnie : EDGAR DE GOUSSENCOURT.

4ᵉ compagnie : MARCHANDON.

5ᵉ compagnie : Georges MARIANI.

6ᵉ compagnie : Henri de PONTOI-PONTCARRÉ.

7ᵉ compagnie : Henri FERGON.

8ᵉ compagnie : PLANCQ.

On pourvut précipitamment au choix des officiers et sous-officiers, et le 1ᵉʳ août les candidats à ces grades furent appelés à Chartres devant le général commandant la subdivision militaire, pour y subir un examen préalable et faire valoir leurs titres.

Le 9, les nominations provisoires signées par le Ministre de la guerre parvenaient aux officiers et nous étions convoqués à Chartres pour recevoir notre entrée en campagne, nous équiper et apprendre l'exercice que nous devions, au bout de quelques jours, enseigner à nos soldats.

Quant aux capitaines nommés dès la formation de la garde mobile, ils avaient, l'année précédente, passé un mois à apprendre dans des casernes le maniement du fusil et les exercices, et ils étaient censés les savoir.

Noms des officiers nommés provisoirement par S. Exc. le Ministre de la guerre le 7 août, et confirmés dans leurs grades par décret de Sa Majesté l'Impératrice le 28 du même mois :

1ʳᵉ compagnie : lieutenant,   VEILLEUX.

—   sous-lieutenant, MERCIER.

2ᵉ compagnie : lieutenant,   HUBERT.

—   sous-lieutenant, le comte d'ILLIERS.

3ᵉ compagnie : lieutenant,   de CHABANNES.

—   sous-lieutenant, BAILLEAU.

4ᵉ compagnie : lieutenant,   CHARPENTIER.

—   sous-lieutenant, MARTIN.

5ᵉ compagnie : lieutenant,   DUMAS-DESCOMBES.

—   sous-lieutenant, PRUNIER.

6ᵉ compagnie : lieutenant,   DELAPORTE.

     —   sous-lieutenant, DABLIN.

7ᵉ compagnie : lieutenant,   SILVY.

     —   sous-lieutenant, LELASSEUX.

8ᵉ compagnie : lieutenant,   EIGENSCHENCK.

     —   sous-lieutenant, THIREAU.

Enfin le 20 août tout le 4ᵉ bataillon était réuni à Nogent-le-Rotrou. Les jeunes gens passaient au conseil de révision ; ceux qui avaient des titres à l'exemption comme soutiens de famille les faisaient valoir, et les exercices commençaient le 22.

L'instruction se fit dans des conditions de fièvre et d'anxiété que tout le monde se rappelle.

Les bulletins de l'armée de l'Est annonçaient chaque jour de nouveaux revers essuyés par nos troupes, des engagements glorieux pour nos armes, mais désastreux pour notre pays, et, le 4 septembre, la nouvelle de la reddition de Sedan, de la captivité de l'Empereur et de son armée, vint mettre le comble à la consternation générale.

Quels moyens de résistance restait-il pour arrêter l'ennemi dans sa marche victorieuse ? Le nouveau Gouvernement qui s'était installé à l'Hôtel-de-Ville allait-il faire la paix ou continuer la guerre ? Il avait d'abord à se faire connaître par le pays en formant une Chambre, à organiser la défense de Paris dont les Prussiens s'approchaient à marches forcées, et celle de la province ; une délégation, composée de trois membres, était envoyée à Tours dans ce but.

Le chemin de fer de l'Ouest emmenait les gardes mobiles de Vendée et de Bretagne à Paris, dont l'investissement par l'armée allemande s'achevait dès le 16 septembre. Dans ces circonstances, il semblait que tout ce qu'on pût faire était d'organiser la défense locale, et des études faites rapidement, mais par des gens connaissant bien le pays, indiquaient les collines du Perche comme la première ligne d'obstacles naturels propres à arrêter l'ennemi.

Des négociations étaient d'ailleurs engagées pour obtenir un armistice, mais elles échouèrent en présence des prétentions du roi Guillaume qui demandait la cession de l'Alsace et de la Lorraine, comme prix de ses victoires, et, le 24 septembre, notre bataillon recevait l'ordre de se porter sur Chartres; en route, on nous communiquait la proclamation du Gouvernement de la Défense nationale qui déclarait la guerre à outrance.

A ce moment nous avions un effectif d'environ mille hommes légèrement vêtus de blouses bleues, portant sur le bras gauche une croix de St-André en laine rouge, de pantalons gris à bandes rouges et armés de fusils à tabatière.

Ainsi équipés, nous partions au-devant de l'ennemi que nous devions d'abord nous contenter d'attendre, et ni l'ardeur, ni la gaieté ne faisaient défaut aux moblots, comme la population de Nogent a pu le constater pendant leur séjour d'un mois au milieu d'elle.

Ce qui était malheureusement insuffisant chez nos jeunes soldats, c'était l'instruction générale et la connaissance de l'arme qu'on venait de mettre en leurs mains.

L'instruction générale, nous avons dit avec quelle précipitation on avait dû la faire; quant à l'arme, elle ne manquait ni de portée, ni de précision, mais nous ne l'avions expérimentée qu'une seule fois à la cible et sans brûler plus de trois cartouches.

ALBUM

DE LA

GARDE MOBILE D'EURE-ET-LOIR

LA GUERRE A OUTRANCE

Au moment de partir de Nogent, lorsque le bataillon était réuni sur la place du Marché-aux-Chevaux, j'avais appris que M. Hommey (ancien capitaine de frégate) venait d'être nommé par la Délégation de Tours Préfet du département d'Eure-et-Loir, en remplacement de M. Labiche, qui occupait ce poste depuis le 4 septembre et qui s'était également porté candidat pour la représentation du département à l'Assemblée constituante, dont les élections étaient annoncées pour le 2 octobre.

La nomination de M. Hommey nous avait fait grand plaisir, car nous connaissions tous son dévouement au pays, ses capacités militaires et son activité. Il avait spontanément fait un travail sur les moyens de défense du Perche, et c'était ce projet qui l'avait désigné au choix du Gouvernement pour diriger l'exécution des plans qu'il avait conçus.

Nommé d'abord membre du Comité de défense départemental, il avait été envoyé à Tours, et c'est là qu'après avoir examiné ses plans, on avait insisté pour qu'il acceptât le poste de Préfet d'Eure-et-Loir.

Quand le chemin de fer nous eut débarqués à Chartres le 24 septembre, à 9 heures du soir, il y eut une certaine confusion pour loger chez les habitants tous les jeunes gens peu habitués à la vie de caserne, aux étapes, aux mille et un détails d'une expédition militaire, et comme je me trouvais dans la cour de la Mairie à la recherche de billets de logement pour ma compagnie, je rencontrai M. Labiche à qui j'annonçai pour le lendemain l'arrivée de son successeur, M. Hommey. M. Labiche me répondit qu'il avait été depuis lors en communication avec le Gouvernement de Tours, que les élections étaient ajournées et qu'il restait définitivement à la Préfecture, ce qu'il fit en effet.

M. Hommey eut le dimanche une entrevue avec lui, et le voyant dans ces dispositions, n'insista pas pour occuper le poste auquel il était officiellement nommé. Il repartit au bout de quelques heures pour Tours.

Si je signale cet incident, ce n'est en quoi que ce soit pour discuter les mérites respectifs des hommes appelés à nous commander, mais seulement pour signaler dès le début la voie d'ordres et de contre-ordres dans laquelle entra le Gouvernement de la Défense nationale, ordres et contre-ordres, marches et contre-marches, nominations et révocations qui trahissaient, de la part des gens qui avaient assumé une si haute responsabilité, beaucoup d'indécision, et qui ont été, selon moi, la cause de l'inefficacité de leurs efforts.

Une main ferme, intelligente et expérimentée eût pu nous sauver. Les tiraillements, les dissentiments, l'ignorance des principes élémentaires de la guerre de nos chefs improvisés nous ont précipités dans des malheurs dix fois plus graves que les premiers revers de nos armées dans l'Est ; ils ont fait subir au pays les incalculables dommages de l'invasion et d'une occupation qui n'a pas encore cessé ; néanmoins, la prolongation de la résistance était incontestablement honorable, et comme telle nous lui devions tous notre concours que nous lui apportions avec empressement.

La ville de Chartres était, le 25 septembre, dans un grand état d'agitation occasionné par tous les événements politiques et militaires dont la solution préoccupait tous les esprits. Les murs étaient couverts des professions de foi des candidats à la Députation et de bulletins émanant de la Préfecture, qui tenait ainsi jour par jour la population au courant des mouvements de l'armée ennemie.

Rambouillet était occupé par des forces considérables, et des locomotives portant, en outre des employés du chemin de fer, quelques volontaires de la garde nationale et des francs-tireurs, allaient de temps en temps en reconnaissance jusqu'à Epernon, et rebroussaient chemin dès qu'ils apercevaient les éclaireurs allemands.

A 5 heures du soir, on battit le rappel et on demanda 250 volontaires de la garde mobile pour tenter une expédition nocturne. Ils se réunirent d'abord au pied de la statue de Marceau, puis à la gare, et de là un train spécial les conduisit à Epernon, sous la direction du commandant de Castillon.

Le 26, à 6 heures du matin, le reste du bataillon était convoqué à la gare et reçut les instructions suivantes émanant de la place de Chartres:

« 1er détachement au Gué-de-Longroi par la route 188.

» Le 2ᵉ prendra la même route jusqu'au Gué-de-Longroi pour se rendre de
» là à Auneau.

» Le 3ᵉ se rendra par chemin de fer à Maintenon et de là un détachement à
» Gallardon en passant par Yermenonville et Ermenonville. Le détachement
» dont l'effectif sera le plus fort sera dirigé au Gué-de-Longroi, mais il n'y
» couchera pas en totalité ; il devra se replier sur Gallardon et une partie sur
» Auneau.

» Le maire d'Auneau envoie un exprès au Gué-de-Longroi pour donner des
» renseignements au détachement.

» Si l'ennemi est signalé, il conviendra de marcher sur la rive gauche de la
» Voize, en s'éclairant sur la route de Levainville ; s'il y a nécessité, on mar-
» chera par la route de Levainville. »

En conséquence de ces instructions, la 7ᵉ compagnie partit par le chemin de
fer pour Maintenon et marcha de cette ville vers Gallardon en traversant les
villages de Yermenonville et d'Ermenonville. Sur notre passage, nous trouvions
l'accueil le plus cordial, les paysans versaient à boire aux jeunes gens, leur
apportaient du pain, du lard, des pommes, tout ce qu'ils avaient de prêt à
manger dans leurs huches, tandis que quelques vieilles femmes pleuraient sur le
seuil de leurs maisons ou de leurs granges, en nous disant : « Ah ! mes pauvres
enfants, vous arrivez trop tard ! les Prussiens sont déjà partout par ici. »

Arrivés à Gallardon à 1 heure de l'après-midi, nous nous y installâmes et
nous fûmes renforcés vers 5 heures par la 6ᵉ compagnie, qui avait suivi une
autre route que la nôtre.

Le docteur Salmon, de Chartres, accompagné du docteur Maunoury et d'un
autre médecin, parcourait le pays en cabriolet et installait des ambulances dans
les différentes localités. Il me présenta au docteur Lalesque, dont la maison
donne sur la place de la Mairie, et, avec sa permission, nous établîmes chez lui
le poste central.

Le général Boyer fit parvenir par un gendarme au capitaine Fergon les
instructions écrites suivantes, en duplicata de celles adressées au capitaine commandant le détachement d'Auneau :

« Dans le cas peu probable où vous seriez obligés de vous replier devant les
» forces supérieures de l'ennemi, vous auriez à le faire par le Gué-de-Longroi
» et Gallardon pour gagner Maintenon. Vous recueillerez en passant le déta-
» chement du Gué-de-Longroi et de Gallardon. Gardez-vous bien, surtout la
» nuit, et ne vous laissez pas surprendre. »

A 6 heures, une première alerte fut donnée par l'arrivée d'une voiture venant de Versailles. Un boucher de cette ville, qui l'avait quitté à midi et était venu jusqu'à Gallardon en passant par Saint-Cyr et Rambouillet, nous signalait le départ de plusieurs détachements de cavalerie de Chevreuse, de Saint-Cyr et de plusieurs autres points, détachements se dirigeant tous sur Rambouillet.

En dînant, nous convînmes de nous tenir sur nos gardes, car le plus grand danger que nous courions, c'était d'être enveloppés par la cavalerie et faits prisonniers dès le premier jour de notre entrée en campagne.

A 10 heures du soir, une lettre du capitaine de la 1ʳᵉ compagnie nous parvint au poste central, annonçant que tout était calme à Auneau où il était stationné.

A 11 heures et demie, une voiture arriva de Saint-Arnoult, et le maire de cette commune nous informa du passage d'environ mille chasseurs à pied bavarois se rendant à Rambouillet. Le reste de la nuit se passa sans nouvel incident, et à 5 heures et demie du matin, j'appris au Gué-de-Longroi que les chasseurs bavarois signalés à Saint-Arnoult s'étaient disséminés dans les villages voisins au lieu de continuer leur marche sur Rambouillet. Ils occupaient Saint-Arnoult, Sonchamp et Clairfontaine, dans le département de Seine-et-Oise.

Quant à notre bataillon, il était ainsi réparti sur les limites du département d'Eure-et-Loir :

La 2ᵉ et la 3ᵉ compagnies à Epernon, avec le commandant de Castillon et le capitaine Roche.

La 1ʳᵉ et la 5ᵉ à Auneau.

La 4ᵉ à Maintenon.

La 6ᵉ et la 7ᵉ à Gallardon.

La 8ᵉ au Gué-de-Longroi.

Toute la journée du 27 fut calme ; nous entendîmes quelques coups de fusil du côté d'Epernon et le canon à Rambouillet où les Prussiens avaient amené, disait-on, deux pièces d'artillerie.

A 5 heures de l'après-midi, une estafette nous apporta l'ordre de nous replier. Il émanait de la Préfecture et était ainsi conçu :

Chartres, le 27 septembre 1870.

A Monsieur le Commandant de la garde mobile, détaché à Gallardon.

« Un corps d'infanterie se concentre à Rambouillet. Repliez-vous sur Main-
» tenon avec le détachement du Gué-de-Longroi. Vous attendrez à Gallardon
» le détachement du Gué-de-Longroi, qui est prévenu et arrive se réunir à vous
» pour retourner à Maintenon.

» Suivez la rive gauche de la Voize avec quelques éclaireurs sur la route de
» la rive droite. Ramenez les gardes nationaux volontaires. Rappelez aux gardes
» nationaux sédentaires qui resteront l'ordre de cacher ou d'évacuer leurs
» armes suivant les instructions générales.

» Auneau est prévenu de se replier directement sur Chartres.

« *Signé : Le Préfet*, E. LABICHE. »

Les avis écrits de la Préfecture étaient corroborés par des renseignements
verbaux que nous reçûmes de fermiers qui avaient parcouru les communes de
Sonchamp et de Clairfontaine, munis d'un laisser-passer du maire de Gallardon.

Selon leur dire, deux escadrons de cuirassiers blancs avaient cerné tous les bois
de Sonchamp, Saint-Arnoult, Rochefort et Bonnelles. 800 hommes d'infanterie
badoise avaient fait une battue dans tous ces bois pour y trouver des francs-
tireurs qui avaient tiré sur deux officiers, dont un avait été grièvement blessé.
Il en avait campé 450 à Sonchamp et le surplus à Clairfontaine; ceux de Sonchamp étaient repartis de là pour Arpajon.

A 6 heures, nous quittions donc Gallardon pour nous replier sur Maintenon,
où nous arrivâmes à 8 heures et demie. Les deux compagnies qui étaient à
Epernon s'étaient également rabattues sur Maintenon, et tout le bataillon s'y
trouvait réuni, à l'exception de la 1re et de la 5e compagnies, qui avaient reçu
l'ordre de se retirer d'Auneau sur Chartres.

Le duc d'Ayen, qui se trouvait à notre arrivée sur la place de la Mairie, vint
en aide à notre installation en donnant l'ordre de transformer en caserne l'oran-
gerie du château, où je passai la nuit avec ma compagnie.

3

Le 28 septembre, à midi, nous reçûmes l'ordre de marcher sur Epernon sous les ordres du capitaine Roche, et nous y arrivâmes vers 5 heures du soir. Les habitants de la ville, qui avaient la veille vu avec grand chagrin partir nos deux compagnies, saluèrent chaleureusement notre retour. Du reste, nous revenions en plus grand nombre, la 2e, la 3e, la 4e et la 7e compagnies présentant un effectif d'environ 500 hommes. La 6e et la 8e compagnies étaient restées à Maintenon.

On disait (ce qui était très-flatteur et très-encourageant pour nous) que les Prussiens avaient quitté Rambouillet à l'approche de la mobile et qu'ils se dirigeaient maintenant sur Orléans et Tours.

Nous passâmes toute la journée du 29 à Epernon, qui présentait par sa situation d'excellents moyens de défense, et dont la population était animée des sentiments les plus patriotiques et les plus déterminés.

Epernon est, si je puis m'exprimer ainsi, la clef du département d'Eure-et-Loir sur les limites de l'Est.

Entourée de carrières d'où l'on extrait la célèbre pierre meulière qui fait la fortune du pays, la ville est dominée par un plateau où était bâti autrefois le château des Ducs qui portaient son nom, et dans un rayon très-restreint plusieurs autres plateaux séparés par des ravins lui servent de contre-forts.

Le plateau des Marmousets est le plus avancé de tous du côté de Rambouillet. Le chemin de fer de l'Ouest passe dans la vallée, en face de la ville, et entre l'amphithéâtre que celle-ci forme d'un côté et de grands bois qui garnissent le plateau opposé. La route de Rambouillet est à peu près parallèle à la ligne du chemin de fer, mais plus rapprochée de la ville, qu'elle traverse, pour continuer sur Hanches et sur Maintenon.

Un chemin de grande communication relie au nord Epernon à Nogent-le-Roi. Les Prussiens avaient déjà fait plusieurs apparitions dans la ville, mais en petit nombre, et jusqu'alors on n'avait vu que des cavaliers; l'un d'eux entr'autres était descendu de cheval sur la place, était entré dans le magasin du marchand de tabac, où il avait choisi des cigares, puis, après avoir fait mine de fouiller dans sa poche pour prendre de l'argent, il s'était arrêté dans ce bon mouvement et était parti sans payer, semblant dire au buraliste que somme toute il serait bien bête de le faire; les hameaux voisins avaient aussi été visités par des détachements de cavalerie qui leur enlevaient leurs bestiaux. Ces actes de pillage indignaient les habitants, qui demandaient tous des armes pour repousser l'ennemi; on voyait confondus sur la place, aux heures d'exercices, des pompiers, des gardes nationaux, d'anciens soldats avec leurs uniformes démodés, des ouvriers carriers en tricots rayés et des paysans en blouses bleues, hommes de tous âges et de toutes conditions qu'un même sentiment réunissait et qu'un ancien officier de gendarmerie essayait de transformer en armée. Nous passâmes toute la journée du jeudi à Epernon, et à 5 heures de l'après-midi, nous apprîmes que 500 hussards rouges et 1,000 chasseurs bavarois étaient arrivés à Rambouillet.

A 2 heures du matin, dans la nuit du 29 au 30, nous fûmes réveillés au son du clairon. Une dépêche télégraphique nous rappelait à Chartres et nous quittâmes Epernon pour nous rendre à Maintenon, où les six compagnies se rassemblèrent.

Un train spécial nous emmena tous à Chartres, où nous arrivâmes vers 8 heures et où nous trouvâmes deux compagnies dont nous étions séparés depuis deux jours.

Après une halte d'une heure sur la place du Marché-aux-Chevaux, le bataillon fut de nouveau remis en marche et les compagnies se divisèrent pour occuper différentes positions dans l'ordre suivant :

La 1re, la 2e et la 3e, à Lèves ;

La 4e, la 5e et la 7e, à Champhol ;

La 6e et la 8e, à Saint-Prest.

A une heure de l'après-midi, un courrier nous rappela de Champhol sur Lèves où les Prussiens avaient été signalés.

Il paraît que 25 uhlans nous avaient suivi sur tout notre parcours, depuis Epernon jusque dans les faubourgs de Chartres, et ils ne rebroussèrent chemin qu'après avoir essuyé à Lèves une décharge de coups de fusil que la 3e et la 8e compagnies leur envoyèrent.

Après avoir battu tous les bois environnants et poussé une reconnaissance sur la ligne du chemin de fer jusqu'auprès de Jouy, nous rentrâmes le soir dans nos cantonnements.

La 7e compagnie était en entier logée au château et à la ferme de Vauventriers, appartenant à Madame Grandet, où nous fûmes parfaitement accueillis et traités jusqu'au lendemain.

Le 1er octobre, notre bataillon reçut l'ordre de se réunir à 6 heures du soir sur la ligne du chemin de fer à La Villette ; on nous fit tous monter en wagon pour nous conduire jusqu'à Jouy, où nous arrivâmes à la nuit tombante.

Après une longue station au débarcadère, nous prîmes à pied la route de

Maintenon, marchant lentement et en silence, nous arrêtant de distance en distance, pour nous assurer que la route était libre. A Maintenon, on divisa les compagnies et on les installa au château, dans une salle de danse et dans des granges voisines, pour y prendre quelques heures de repos, puis à quatre heures et demie du matin le bataillon se reforma et se dirigea vers Epernon.

Le régisseur du château m'ayant offert un lit, j'en avais profité, et si bien, paraît-il, que le matin je n'entendis pas le clairon, et ne me réveillai qu'après que tout le monde était parti. Heureusement, un laitier eut l'obligeance d'atteler un cabriolet et de me conduire jusqu'à Epernon, où je rejoignis ma compagnie. Au moment où j'allais quitter Maintenon, un gendarme arrivait de Chartres, porteur d'instructions pour notre commandant; je me chargeai de les lui remettre, et nous apprîmes par cette dépêche que la veille des gardes nationaux embusqués dans un bois avaient surpris des cavaliers prussiens au nombre de huit, les avaient tous tués et enterrés séance tenante, et que la route où s'était passée la scène était encore toute ensanglantée. Nous arrivâmes à Epernon au petit jour, et à travers le brouillard blanc qui à l'automne descend la nuit sur les vallées et ne disparaît que quand le soleil est déjà assez élevé dans le ciel, nous vîmes des cavaliers rôder autour de la ville. La 7e compagnie occupa d'abord le plateau des Marmousets, d'où l'on domine la route de Rambouillet et la ligne du chemin de fer. Sur le plateau opposé, nous distinguions très-nettement les cavaliers qui, par petits groupes, cernaient des hameaux ou des maisons isolées et en emmenaient des vaches et des moutons, mais nous étions trop éloignés d'eux pour tirer dessus.

Le plateau des Marmousets se compose d'une série d'excavations aux endroits d'où l'on a extrait de la pierre, d'amas de pavés, de grès, disposés en véritables barricades, et de monticules où croissent quelques maigres bouleaux et sapins; on ne peut rien désirer de mieux disposé pour des tirailleurs, et tous les jeunes gens de notre compagnie pressaient impatiemment leurs armes dans leurs mains, attendant le moment où l'ennemi serait assez rapproché pour qu'on pût lui envoyer des coups de fusil; mais au lieu de cela, nous recevions à 8 heures et demie l'ordre de nous replier sur Maintenon.

Heureusement ce contre-ordre ne fut pas exécuté jusqu'au bout, et après avoir déjeuné à Epernon, nous revînmes à 11 heures occuper le plateau des Marmousets.

A notre retour, nous apprîmes que deux hussards bleus s'étaient approchés jusqu'à 2 kilomètres de la ville, et qu'au moment où ils allaient franchir un petit pont conduisant à un hameau, ils avaient essuyé une décharge de huit coups de fusil tirés par des francs-tireurs d'Epernon. Un des chevaux avait été tué sur le coup et était resté sur le pont ; le cavalier démonté avait pu, quoique atteint de trois balles, s'enfuir avec son camarade et se réfugier dans les bois. Quand nous examinâmes le terrain, je ramassai plusieurs objets tombés des poches du hussard, entr'autres une lettre adressée par lui à ses parents.

Dans cette lettre, datée de Luzarches du 16 septembre, il rendait compte à ses parents des affaires auxquelles il avait assisté, notamment le 16 août à Gravelotte, des pertes essuyées par les Français et qu'il évaluait à 3,000 pour cette journée, enfin de leur marche sur Paris, d'où ils n'étaient plus qu'à sept lieues et où ils pensaient entrer sans difficulté pour y signer une paix ardemment désirée de tous.

Toute l'après-midi, des escarmouches furent livrées sur différents points de la route de Rambouillet, et au moment où nous rentrions à Epernon, vers 5 heures, le 2ᵉ bataillon vint nous y rejoindre.

Le 2ᵉ bataillon, composé des jeunes gens de l'arrondissement de Châteaudun, avait été réuni le 20 août dans cette ville, où il avait fait son instruction militaire. Le 18 septembre, on l'avait dirigé sur Chartres, puis de là sur Saint-Cheron, où il avait été placé de grand'garde le 19, relevant le 1ᵉʳ bataillon. Envoyé précipitamment par chemin de fer à Argentan, il y était resté une semaine, faisant l'école de bataillon, et de là il était revenu par étapes jusqu'à Nogent-le-Rotrou, où on lui avait fait faire une station de 48 heures. Enfin, on l'avait envoyé pour rejoindre et le chemin de fer l'avait amené jusqu'à Maintenon. A peine arrivé à Epernon, tout le bataillon fut mis sous les armes, et la 1ʳᵉ compagnie poursuivit quelques uhlans jusqu'à une petite distance de Rambouillet.

Le cadre de ses officiers était ainsi composé :

Commandant : M. Lecomte de la Perrine.

1ʳᵉ compagnie : capitaine,   Bréqueville.
—   lieutenant,   Goussard.
—   sous-lieutenant, de Prunelé (Flavien-Alexis).
2ᵉ compagnie : capitaine,   Dutemple de Rougemont.
—   lieutenant,   de Possesse (Henri).
—   sous-lieutenant, Habert.
3ᵉ compagnie : capitaine,   de Possesse (Maurice).
—   lieutenant,   Ricois.
—   sous-lieutenant, Lesteur.

4ᵉ compagnie : capitaine,   de PRUNELÉ (Jules-Henri).

—   lieutenant,   de GONTAUT-BIRON.

—   sous-lieutenant, COUTANT.

5ᵉ compagnie : capitaine,   LEGRAND.

—   lieutenant,   LEROY.

—   sous-lieutenant, GIRARD.

6ᵉ compagnie : capitaine,   d'ARGENT.

—   lieutenant,   BOUSSENOT.

—   sous-lieutenant, QUINTON.

7ᵉ compagnie : capitaine,   HANQUET.

—   lieutenant,   YVON.

—   sous-lieutenant, PIERRE.

8ᵉ compagnie : capitaine,   REY.

—   lieutenant,   BOURGON.

—   sous-lieutenant, BESSETEAUX.

Le 3 octobre notre compagnie était de piquet et nous passâmes toute la journée embusqués dans les bois, près du village de Raizeux, pour observer cette position par laquelle l'ennemi pouvait pénétrer dans Epernon.

COMBAT D'ÉPERNON

Le 4 octobre, ma compagnie était commandée pour relever à 4 heures du matin la grand'garde sur le plateau dit du Château. Nous nous y rendons, et après avoir relevé la 8ᵉ compagnie, on nous demande un détachement pour aller à Ecrosnes prévenir les mobiles du Lot-et-Garonne, qui y sont cantonnés, qu'une attaque doit avoir lieu le matin même, et que, dès qu'ils entendront la fusillade, ils aient à venir nous donner du renfort. — Le capitaine Fergon et le lieutenant Lelasseux restant avec la compagnie, je prends avec moi deux sections, celles des sergents Hommey et Nyon, et nous partons pour Ecrosnes au petit jour.

Le commandant Lecomte, du 2ᵉ bataillon, que je rencontre faisant une ronde, a la bonté de nous accompagner jusqu'au chemin de fer pour nous montrer la route. A 7 heures, nous arrivons à Ecrosnes, et je communique à un lieutenant des mobiles de Lot-et-Garonne les instructions dont je suis chargé pour lui. Nous faisons une halte d'une heure, dont nous profitons pour prendre du café et un léger repas, et à 8 heures précises, nous nous remettons en route pour Epernon, nous informant sur la route si les Prussiens ont paru. La journée s'annonce très-belle et très-chaude, et pour ne pas trop nous fatiguer, nous nous arrêtons plusieurs fois dans les fermes, où l'on nous donne du vin. A 10 heures, nous rentrons dans Epernon et rencontrons le commandant de Castillon; je lui rends compte de mon excursion. Il m'autorise à rester dans la ville pour déjeuner avant de remonter sur le plateau, et comme nous nous mettons à table à l'Hôtel de la Pie, on signale l'approche des Prussiens. Il y eut d'abord une certaine hésitation à le croire, attendu qu'il y avait à chaque instant des alertes de ce genre; mais comme l'avis venait du capitaine Bréqueville, on ne put longtemps le mettre en doute, et l'ordre fut donné à tous les officiers réunis à l'hôtel de rejoindre leur poste.

Je remontai immédiatement sur le plateau, et en nous avançant sur les rebords, nous vîmes très-distinctement des cavaliers qui occupaient la grande ferme, située à deux kilomètres environ en avant de la ville, sur la gauche de la route de Rambouillet. Bientôt cette ferme est en flammes, et nos deux bataillons se dirigent du côté du bois de la Diane. Ma compagnie devait rester à son poste sur le plateau. Une grande agitation régnait dans la ville et les femmes rappelaient leurs enfants qui se mêlaient aux gardes mobiles. Je me souviens, entre autres, que quand les premières balles arrivèrent dans les carrières qui sont à côté du Calvaire, il y avait encore là des enfants de 4 à 6 ans, que je m'empressai de renvoyer du côté des maisons. Bientôt la fusillade s'engage en avant, et quelques obus, lancés par l'artillerie prussienne, viennent tomber dans la ville. Nous marchons dans les vignes, et trouvons plusieurs compagnies de notre bataillon rangées le long d'un mur en bauge, par-dessus lequel on voyait très-bien les forces ennemies s'approcher. Nous fîmes là une station d'environ une demi-heure, et je vis revenir les premiers blessés, un sergent du 2ᵉ bataillon, soutenu par deux de ses camarades; il avait reçu une balle dans la hanche. Quelques instants après, j'aperçus sur la gauche, près de la lisière du bois, le capitaine Roche qui, avec un échalas à la main, indiquait le chemin qu'il fallait prendre pour se diriger vers la vallée, à travers le bois que nous avions occupé la veille. Le capitaine de Pontoi et le lieutenant Delaporte, de la 6ᵉ compagnie, suivirent, et comme nous approchions de la cabane qui se trouve à l'entrée du chemin, une vive fusillade y était engagée. Quelques mobiles, embusqués derrière la cabane, tiraient sur les Bavarois qui avaient déjà envahi le bois, et dont ils étaient éloignés d'à peine trente mètres. Le commandant Lecomte s'approcha à ce moment de la cabane. Plusieurs blessés étaient déjà couchés dans les vignes ; un d'eux, entre autres, avait la mâchoire fracassée, et j'entendis dire que le coup qui l'avait atteint avait été tiré par un de ses camarades derrière lui.

Le capitaine Plancq, de la 8e compagnie, et plusieurs autres officiers, firent alors cesser le feu de crainte de nouveaux accidents. Je me repliai sur la gauche et rejoignis ma compagnie qui était déployée en tirailleurs dans les vignes. Un autre blessé était là, qui avait la cuisse traversée d'une balle ; on prétendait encore que c'était un de ses camarades qui l'avait blessé. Plusieurs jeunes gens de ma compagnie se trouvant là, et notamment M. Gatineau, il déshabilla le blessé et l'examina de suite. Le membre n'étant pas fracturé, ce jeune mobile put s'en retourner dans la ville en s'appuyant sur deux de ses camarades.

Il y eut alors une certaine confusion produite par ces accidents, dont il était difficile de constater la provenance. Beaucoup de jeunes gens couraient le long du bois, et j'en ralliai un certain nombre pour nous ranger dans les vignes, à environ cent mètres de la lisière du bois. J'étais là à côté du capitaine Fergon, à ma droite, et du sergent Chachouin, à ma gauche. Le lieutenant Lelasseux était à quelques pas derrière nous, quand un mobile de la 5e compagnie reçut une balle qui lui cassa le bras près de l'épaule. Ses camarades le couchèrent d'abord dans un sillon, appuyé contre un arbre, et comme le malheureux criait qu'il était père de famille, qu'il avait des enfants, et qu'un semblable spectacle n'a rien d'encourageant pour des jeunes gens qui voient le feu pour la première fois, nous organisâmes un brancard avec des fusils pour transporter le blessé en ville.

Les Bavarois embusqués dans le bois continuaient leur feu et nous n'avions plus autour de nous qu'une poignée d'hommes qui ripostaient chaque fois que l'ennemi se démasquait ; les obus tombaient également dans les vignes et un homme de notre compagnie (Breton) en reçut un éclat dans la cuisse qui le blessa grièvement. Ne recevant aucun ordre, nous prîmes le parti d'attendre là que l'ennemi sortît du bois pour recommencer l'attaque et nous restâmes jusqu'au moment où une pièce d'artillerie vint se placer sur le plateau même que nous occupions ; alors nous fîmes le tour par les carrières et le bois qui les borde, et la fusillade cessant je regardai à ma montre, n'ayant aucune idée du temps qui s'était écoulé depuis le commencement de l'engagement.

Il était trois heures et nous nous décidâmes avec Fergon à rentrer dans la ville. Là nous apprîmes que les deux bataillons se repliaient sur Maintenon.

A l'hôtel de la Pie, où j'étais allé chercher mon sac de toilette, nous vîmes le lieutenant-colonel Marais qui montait dans un cabriolet ; il nous confirma l'ordre de nous retirer sur Maintenon, et le capitaine Fergon réunit sur la place le reste de la compagnie avec lequel il partit.

J'étais épuisé de fatigue et de chaleur, n'ayant rien mangé que quelques pommes ramassées sous les arbres, et j'allai frapper à tous les cafés sans pouvoir me faire ouvrir. Enfin j'avisai sur la place une boutique de pharmacien et j'entrai lui demander un verre d'eau ; il eut la bonté de m'offrir un peu de pain et de charcuterie que j'acceptai avec empressement et reconnaissance. En sortant je vis sur la place des groupes de gardes nationaux et quelques gardes mobiles. J'entrai à la Mairie et dans l'une des salles du rez-de-chaussée je vis plusieurs blessés auxquels on donnait les premiers soins ; un homme de ma compagnie y était couché dans un lit, mais il n'était malade que de peur et malgré tous mes efforts je ne pus le déterminer à se lever.

Au moment où j'allais me rendre chez le docteur Poidevin, chez qui j'étais logé, pour prendre mon portemanteau que j'y avais laissé, je vis déboucher sur la place plusieurs voitures portant le drapeau de la Convention de Genève ; dans l'une d'elles était M. Jeanrenaud, ancien officier de marine retraité, que je connaissais depuis longtemps comme mon collègue de la Société française de photographie ; il me dit qu'il venait de Nogent-le-Roi pour porter secours aux blessés et me demanda s'il y en avait beaucoup. Je lui répondis que parmi les officiers atteints je ne connaissais encore que le commandant Lecomte, et nous nous dirigeâmes ensemble à travers la place du côté du plateau où l'engagement avait eu lieu. Pendant que nous montions les marches en face de l'église, nous vîmes arriver une civière portée par plusieurs gardes nationaux et sur laquelle un cadavre était couché ; on l'entra dans une boutique et on le déposa sur le comptoir même. C'était le corps d'un jeune homme de la ville à qui une bombe avait enlevé toute la partie supérieure du crâne ; les gens qui le portaient avaient eu l'attention de cacher cette horrible blessure en rabattant la blouse sur la tête. Je voulus la soulever pour constater l'identité et m'assurer si ce n'était pas un mobile, et je m'adressai au patron de la boutique, ignorant que je parlais au père même de ce malheureux jeune homme. « Ah ! Monsieur, me répondit-il, c'est mon pauvre fils, regardez si vous voulez, moi je n'en ai pas le courage, et,

4

plus blanc qu'un linge, les yeux pleins de larmes, agité par un tremblement convulsif il sortit de sa maison, pendant que je relevais la blouse et découvrais les restes informes de cette tête, dont tout avait été enlevé, sauf la nuque et le menton.

J'allais conduire M. Jeanrenaud plus loin quand il m'engagea à me retirer, me faisant observer que l'ennemi n'allait sans doute pas tarder à entrer dans la ville et que mon uniforme m'en rendait le séjour impossible. Je suivis son conseil et pris lentement la route de Maintenon, m'arrêtant à chaque groupe de gardes nationaux que je rencontrais pour voir si l'on ne ferait pas quelque nouvelle tentative de résistance. Les Prussiens étaient alors sur le plateau du grand château et dirigeaient leur feu plongeant sur la ville, d'où partaient encore quelques coups de fusil isolés.

A l'angle d'une maison était embusqué un gamin d'une quinzaine d'années qui avait ramassé, je ne sais où, un fusil et des cartouches ; sans perdre un instant, il chargeait son fusil, le déchargeait sur les sentinelles dont on apercevait la silhouette noire se dessiner sur le plateau, et le rechargeait avec cet entrain et ce plaisir qui animent les enfants qui ont pour la première fois une arme entre les mains ; je ne pus m'empêcher de l'admirer et de le féliciter en passant.

Je sonnai à la porte du docteur Poidevin, il était absent et occupé à soigner les blessés ; je ne vis que sa bonne qui était si exaspérée à la pensée que les Prussiens allaient entrer dans la ville, qu'elle voulait prendre un fusil et aller se battre. Mon sac de voyage était trop lourd pour que je puisse m'en charger, et je le laissai aux soins de cette brave femme, puis je pris définitivement la route de Maintenon, accompagné de deux mobiles que je trouvai dans la rue et qui étaient légèrement blessés et contusionnés. Nous sortîmes de la ville clopin-clopant et fûmes rejoints quand nous dépassions les dernières habitations par un fonctionnaire d'Epernon, le percepteur, si je ne me trompe, qui avait dû quitter sa maison percée par un obus.

Les Prussiens continuaient à tirer le canon sur les fermes de l'autre côté d'Epernon, et l'une d'elles, sur la gauche de la route, commençait à brûler ; c'était évidemment pour nous poursuivre dans notre retraite et nous empêcher de nous concentrer autour de la ville. L'ennemi, placé sur les hauteurs et dominant tout le pays, pouvait très-bien observer nos mouvements et inquiéter les colonnes qui se retiraient ou arrêter celles qui auraient voulu reprendre l'offensive.

Pour ne pas être vus sur la route, j'engageai les jeunes gens qui étaient avec moi à descendre dans la prairie qui la borde et à suivre ainsi les bas-côtés.

A quelque distance de là, nous nous croisâmes avec MM. Salmon et Perret, médecins de Chartres et de Maintenon, de qui j'appris que tout mon bataillon était réuni à Maintenon et que ceux qu'on avait envoyés comme renforts y étaient également arrivés.

Ces Messieurs, qui sont entrés des premiers dans Epernon après l'occupation de la ville, ont eu la bonté de me fournir de précieux renseignements sur nos pertes et sur celles de l'ennemi, et je les citerai plus tard, heureux d'avoir à produire des témoignages aussi irrécusables que les leurs. Pour éclaircir l'histoire du combat d'Epernon, qui a été si diversement apprécié et interprété, je dois commencer par recueillir tous les récits des acteurs de cette journée, et en première ligne, je donne celui que mon commandant a bien voulu me communiquer :

COMBAT D'ÉPERNON. — Récit du commandant de Castillon de Saint-Victor.

Positions arrêtées la veille chez le lieutenant-colonel Marais.

4ᵉ *Bataillon.* Plateau du Château. — 2ᵉ *bataillon.* Butte des Marmousets. Gare et route de Rambouillet (barricade). *Garde nationale.* Les derrières de la ville à surveiller.

Au point du jour, apparition de deux ou trois cavaliers comme tous les matins; à 9 heures, reconnaissance par 8ᵉ et 4ᵉ compagnies en avant de la Diane. Quelques vedettes se retirent, plateau inoccupé. Le commandant rentre en donnant l'ordre aux deux compagnies de reprendre leurs premières positions. La reconnaissance va plus loin, malgré l'ordre, s'arrête et se retire devant deux coups de canon.

10 heures. A ce moment, débouché des Prussiens sur la route de Rambouillet. Infanterie se dirige vers les bords de la Diane et engage le combat; cavalerie fait une démonstration sur la butte des Marmousets, sous le feu d'une compagnie du 2ᵉ bataillon. Une ferme est incendiée de ce côté, deux pièces placées pendant ce temps tirent des Marmousets sur le plateau de la Diane, croisant leur feu avec 2 *ou peut-être* 3 pièces déjà placées en face du bois de la Diane (les mêmes qui avaient déjà tiré sur la reconnaissance). Un curieux, sans autre arme qu'une longue-vue, a la tête emportée par un des premiers obus.

A 10 heures et demie, le combat devait être engagé partout par l'artillerie et l'infanterie.

A un moment, qu'il m'est difficile d'apprécier, midi peut-être, étonnement de ma part en voyant devant moi, sur le plateau de la Diane, le commandant Lecomte avec 150 ou 200 hommes du 2ᵉ bataillon; il m'apprend que son bataillon, pris de panique, a quitté toutes ses positions à droite d'Epernon. Une compagnie seule avait fait le coup de feu sur la butte des Marmousets, contre la cavalerie qui masquait l'installation des deux pièces prussiennes. Il me dit avoir réuni ce qu'il a pu et venir prendre part à l'action avec moi et me demande des ordres.

Je lui donne l'ordre de redescendre de suite avec ses hommes et de garder les abords de la ville en arrière et sur mon flanc droit, prêt à donner la main aux troupes que j'espérais voir venir du côté de Gallardon. L'ordre n'a pas été exécuté, j'ignore pour quels motifs, et une heure après environ, le commandant était bravement tué en faisant battre ses hommes au milieu des miens.

Ayant appris sa mort et l'inexécution de mes ordres, toujours inquiet sur mon flanc droit, je descendis en ville et sur la place je trouve le lieutenant-colonel Marais (il s'était levé de son lit quoique malade), auquel je rends compte. Il me charge de renvoyer à la barricade de la route de Rambouillet la compagnie Brecqueville qui était rentrée en ville et stationnait en bon ordre dans la grande-rue, où tombaient quelques obus envoyés par la demi-batterie qui était en avant du bois de la Diane. Il se chargea en outre de me renvoyer tous ceux de mes hommes qui quittaient peu à peu le champ de la lutte.

En remontant sur le plateau je retrouvai nos hommes continuant la fusillade à très-petite portée et sans perdre de terrain. Je me portai à la gauche de la ligne et je postai quelques hommes de manière à commander la vallée à notre gauche avec ordre de me prévenir de suite (au centre du plateau où je me tenais de préférence), si l'ennemi faisait une tentative de ce côté. Je ne les avais pas encore quittés qu'un peloton de cuirassiers en éclaireurs apparut de ce côté et se retira devant les coups de fusil de nos hommes.

Retourné au centre sur le chemin, je consultai le capitaine Roche sur l'opportunité de chasser les Prussiens du bois par un mouvement de flanc sur leur gauche. Cet officier me fit renoncer à ce projet, craignant que nos mobiles ne prissent cette formation pour le signal de la retraite et n'abandonnassent leur position dans les vignes.

Pendant ce temps, la demi-batterie de droite s'était rapprochée et tirait non plus sur le travers du plateau, mais sur l'entrée de la ville, au Calvaire. La position devenait grave, la meilleure partie de nos hommes, celle qui tenait à 50 mètres des Prussiens devant le bois, risquait d'être enlevée.

Je descendis de nouveau sur la place de la ville pour rendre compte au lieutenant-colonel Marais. Je lui exprimai l'avis que le seul moyen de prolonger la résistance était de se renfermer dans la ville et de s'y défendre dans les maisons qui en forment la ceinture. Je croyais et je crois encore que l'ennemi ne serait pas entré en ville (ce jour-là du moins), il se serait contenté d'envoyer ses obus et d'y allumer quelques incendies. Après une courte conversation avec le Maire, Marais vint me dire qu'il fallait renoncer à ce projet et ne pas défendre la ville malgré elle-même.

Il me renvoya sur le plateau, me laissant libre d'apprécier le moment où je devrais ordonner la retraite pour ne pas faire enlever mes meilleurs soldats.

A mon retour, je retrouvai nos hommes conservant les mêmes lignes. Néanmoins, la situation s'était aggravée ; la canonnade qui se passait en arrière de nos mobiles ébranlait leur moral, leur nombre diminuait à chaque instant. La fusillade, qui avait presque cessé du côté de l'ennemi, nous faisait craindre un mouvement de flanc de sa part.

Le capitaine Roche, à l'expérience duquel je m'adressai souvent dans cette journée, croyait comme moi à la nécessité de la retraite. Il réunit sa compagnie pour former l'arrière-garde. 4 sous-officiers furent chargés de porter l'ordre aux différents capitaines, avec la latitude pour ceux qui formaient la gauche de se retirer par la vallée à gauche du plateau. Ils masquaient ainsi leur mouvement et évitaient les obus qui tiraient à ce moment sur l'entrée du plateau, du côté de la ville.

La colonne se forma sur la place et partit en bon ordre; à 3 heures 20 le signal du départ.

La route se fit vite, et si quelques compagnies se mêlèrent pendant la marche, la colonne resta tout le temps en masse compacte.

A moitié chemin, je fis entrer la colonne dans la tranchée du chemin de fer pour masquer la retraite; au moment où nous arrivions à la gare, les Prussiens tiraient leurs derniers coups de canon contre les troupes qui débouchaient en plaine du côté de Gallardon (trop tard).

Pendant que j'envoyais ma dépêche, on reforma les compagnies et le capitaine Roche vint me rendre compte que les trois quarts du 4ᵉ bataillon et la moitié à peine du 2ᵉ se trouvaient réunis. Ordre fut donné à tous les officiers d'attendre.

Les officiers du 2° insistaient pour continuer sur Chartres. Malgré l'ordre, ils partirent entraînant bon nombre de mobiles du 4°.

Enfin, à la nuit tombante, 24 hommes seulement du 2° avec le sous-lieutenant de Gontaut tout seul et une centaine du 4° avec ses officiers restaient.

Il y avait un intérêt moral de premier ordre à ne pas se laisser débander entièrement ce qui nous restait, il importait de conserver un noyau en bon ordre. C'est pour ce motif que j'ordonnai la retraite. La nuit tombait ; en conséquence il pouvait être cinq heures et demie. Cette retraite se fit jusqu'à Chartres dans le meilleur ordre, les hommes marchant par quatre et les officiers avec eux. Il était dix heures passées quand nous entrions à Chartres.

Pendant que nous étions en route, un train parti de Chartres entrait en gare avec le 1ᵉʳ et le 3° bataillons.

Après avoir décrit le rôle des deux bataillons de la garde mobile dans la défense d'Epernon, il ne me reste plus à parler que de celui de la garde nationale.

Dans le principe, le Conseil municipal, n'ayant pas de troupes à sa disposition, avait décidé de ne pas se défendre.

La veille du combat, à 7 heures du soir, le Conseil municipal étant réuni, le maire, M. Maillet, pria les officiers supérieurs de la garde mobile de conférer avec lui sur les mesures à adopter pour le lendemain.

M. Maillet traça lui-même un plan de barricades qui fut adopté par M. de Castillon ; ces barricades furent construites par des charpentiers sous la direction de M. Chapillon, lieutenant de la compagnie des pompiers, des gardes nationaux et quelques gardes mobiles.

La 1ʳᵉ barrait la route de Bayonne à l'encoignure du cimetière dans la direction de Rambouillet.

La 2° était établie sous le pont du chemin de fer, à Crochet.

La 3° au chemin de fer.

La 4° rue du Prieuré, du côté de Chartres.

La 5° à l'entrée du chemin de Raizeux.

Toutes les entrées d'Epernon se trouvaient donc défendues.

A 10 heures du matin un paysan de St-Hilarion apporta à la mairie un billet en allemand ainsi conçu : « St-Hilarion 4 octobre 1870. — Route de » Bayonne barricadée. Gardes mobiles et gardes nationaux à gauche et à droite

» de la route dans les bois. — Il faut les déloger. Avancez en silence. — Ba-
» taillon arrive par derrière. »

Ce billet trouvé par terre et ramassé par le paysan avait sans doute été perdu
par l'estafette chargée de le porter et prouve combien l'espionnage était fait
activement pour renseigner l'ennemi.

M. Maillet réunit la garde nationale vers 10 heures 1/2 et elle partit dans la
direction du plateau des Marmousets, du bois de la Diane et des barricades.

Le premier obus lancé par l'ennemi tomba sur la maison du sieur Thibault,
qui est attenante à l'Eglise, vers 11 heures; le marché venait de commencer
et les paysans qui s'y trouvaient l'évacuèrent immédiatement.

A une heure, M. Maillet signa de la part du colonel Marais un ordre pour
faire avancer la garde mobile de Gallardon.

A deux heures, eut lieu sur la place de l'hôtel de la Pie l'entrevue entre
M. Maillet et le colonel Marais, et c'est alors que M. de Castillon, descendant à
cheval du plateau du Château, rendit compte du combat et fit entendre que les
quelques hommes qui lui restaient, recevant à contre-partie le feu de l'armée
ennemie, allaient être obligés d'abandonner la position.

La garde nationale était commandée par M. Blin, ancien capitaine de gendarmerie, chevalier de la Légion d'honneur, et par M. Delagrange, maître
carrier, homme très-énergique qui rendit de grands services comme éclaireur.
Elle était forte d'environ 300 hommes, mais un tiers seulement prit part au
combat, le reste étant mal armé, ou même pas du tout.

Quelques francs-tireurs occupaient les bois des environs, mais sans être régu-
lièrement enrégimentés dans aucun corps, et un seul d'entre eux, M. Sain-
tignon, qui nous avait accompagnés depuis notre départ de Chartres, resta
constamment avec nous et fit quelques reconnaissances jusqu'à Rambouillet pour
nous éclairer sur le nombre des forces ennemies.

Les premiers gardes nationaux engagés furent ceux de la commune de Droue,
commandés par leur capitaine Martin. Surpris à la ferme du Mousseau, ils
étaient d'abord au nombre de 11. Un escadron de hussards bleus vint les
attaquer, 5 purent se sauver, mais les 6 autres, y compris le capitaine Martin,
furent fusillés sans pitié.

L'un de ceux qui s'étaient échappés, nommé Babin, parvint à se cacher sous
une meule de paille; les hussards le cherchèrent vainement, fouillant la meule
avec leurs sabres, et il dut son salut à cette circonstance.

On doit une mention particulière au dévouement et à l'énergie de ces gens, qui donnèrent l'exemple de la résistance et qui furent les premières victimes de la journée.

A 4 heures 1/2 du soir, le combat était fini.

L'ennemi entra dans la ville que le Maire, le Conseil municipal et une partie des habitants avaient évacuée. Il exigea une contribution de guerre de 4,000 fr., et pilla plusieurs boutiques d'épiciers et de marchands de vin.

Le général Alvensleben commandait une demi-brigade de l'armée bavaroise ; fut blessé au pied et passa la nuit à l'hôtel de la Grâce-de-Dieu avec son état-major.

Quant aux soldats, ils bivouaquèrent toute la nuit aux deux entrées d'Epernon, du côté de Chartres et du côté de Rambouillet.

Le point essentiel dans une œuvre comme celle que j'ai entreprise étant de bien préciser les heures et les faits par des témoignages qui se corroborent l'un par l'autre, je donnerai, en lui laissant sa forme concise et presque télégraphique, le récit que M. le docteur Salmon a bien voulu me remettre de son voyage de Chartres à Epernon dans le sens contraire au nôtre.

EPERNON. — Récit du docteur Salmon, de Chartres.

Départ de Chartres à 2 heures avec bataillon de Lot-et-Garonne. Convoi emportant en outre munitions, couvertures pour campement. Arrivée à Maintenon à 2 heures 1/2. Maire à la gare demandant renforts par télégraphe. Réquisition de voiture pour conduire munitions ; nous attendons qu'elle soit mise à notre disposition.

Pendant ce temps, sur la route du bas de la gare, quelques groupes de soldats et un officier arrivent. Récit de massacres, de pertes nombreuses, de débandade.

Puis, par la tranchée du chemin de fer venant d'Epernon, avalanche de mobiles encombrant la voie. M. de Castillon au milieu à cheval ; il arrête la débandade à la gare et empêche de sortir.

Je pars sur ces entrefaites dans la voiture de réquisition et suis la route impériale de Maintenon à Epernon avec le docteur Perret, de Maintenon. Débandade tout le long du chemin jusqu'à Hanches.

A Hanches, un soldat décharge son fusil en l'air.

Tout le long du village encore quelques soldats, mais en petit nombre.

A l'extrémité du village, vers Epernon, arrêt de la voiture. Nous croyons prudent de ne pas laisser engager plus loin le conducteur. D'autre part, je prie une paysanne de coudre la bande rouge formant croix sur mon mouchoir blanc.

Au départ, il n'y a plus personne sur la route et cependant le canon continue de tonner.

A peine avons-nous quitté le village, rencontre avec M. Silvy, officier de mobiles, se retirant avec un soldat. Je le félicite d'être la dernière personne que nous avons rencontrée.

Quelques mètres plus loin, moulin de Vilarville ; nous hésitons un instant à nous engager vers Epernon, actuellement en face de nous, à cause du canon et de la fusillade qu'on entend encore du côté du pâtis de Hanches. Incendie de la ferme en ce moment. Mais à peine avons-nous fait un temps d'arrêt, que des soldats bavarois en troupe descendent du côteau à gauche le long des murs de la maison, qui occupe ce côté de la route. Nous agitons notre drapeau de Genève. Nous crions que nous sommes médecins ; ils abaissent leurs fusils, nous font signe d'avancer, nous franchissons enfin les lignes. A ce moment, à l'entrée d'Epernon à gauche, une maison nouvellement construite commençait à prendre feu. Il était cinq heures environ.

Quand la journée est finie pour le combattant, elle commence pour le chirurgien. Je dois à l'obligeance du docteur Poidevin la communication de la liste exacte des morts et des blessés que je cite textuellement :

13 morts sur la commune d'Epernon à la suite du combat du 4 octobre 1870.

Le Commandant LECOMTE, de Châteaudun, du 2ᵉ bataillon.
Eugène LEROY, de Méréglise (Illiers), garde mobile, mort à l'ambulance le 5.
Un sergent de garde mobile.
Un garde mobile.
Un garde mobile.
Un garde mobile.
Un garde mobile.
DUCLOS fils, d'Epernon, garde national.
PICARD père, d'Epernon.
Victor DAUVILLIERS, de Chartainvilliers, conscrit de 1870.
Un garde national de Saint-Lucien (Nogent-le-Roi).

Adrien Trouvé, du Parc, près Maintenon, garde national.
Garde mobile, trouvé dans une oseraie, près Crochet.

12 sur la commune de Droue.

Martin, de Droue, garde national.
Ringuenoir, de Droue, garde national.
Roger, de Droue, garde national.
Ravet, de Droue, garde national.
Lehongre, de Droue, garde national.
Charlier fils, de Droue, garde national.
Un garde mobile.
Un garde mobile.   Trouvés dans une carrière sur les hauteurs de Droue,
Un garde mobile.   dite des Marmousets, hachés à coups de sabre et de
Un garde mobile.   baïonnette.
Cyrille Salle, trouvé dans les bois des Marmousets.
Total, 25 morts jusqu'à ce jour, 12 octobre 1870.

Nota. — J'ai vu emmener deux gardes mobiles prisonniers sur Rambouillet, le 5, au matin.

23 blessés à la suite du combat du 4 octobre, et portés à l'ambulance d'Epernon.

Emmenés à l'ambulance de Nogent-le-Roi :

Joseph Gombert, de Belhomert (La Loupe), garde mobile.
Louis Perruchon, de Montigny-le-Gannelon (Cloyes), garde mobile.
François Gouin, de Thiville (Châteaudun), garde mobile, malade à l'ambulance, du 3 octobre.

Emmenés à l'ambulance de Dreux :

Basile Gonsard, d'Authon, garde mobile. ·
Noël Gentil, de Charray (Cloyes), garde mobile.
Jules Breton, de Brunelles (Nogent-le-Roi), garde mobile, éclat d'obus à la cuisse.
Julien Gélin, de Trizay (Nogent-le-Rotrou), garde mobile, bras cassé.
Alexandre Coron, de Manou (La Loupe), garde mobile.
Alexandre Sinot, de Neuvy-en-Dunois (Bonneval), garde mobile.

Gustave Péchard, du Mée (Cloyes), garde mobile.

Jean-Louis Gouin, de Frétigny (Thiron), garde mobile.

Restés à l'ambulance d'Epernon :

Alexandre Mauduit, de Châtillon (Cloyes), garde mobile.

Adolphe Haudebourg, de Châtillon (Cloyes), garde mobile.

Fauconnier, garde mobile.

Désiré Mercier, garde mobile.

Edmond Douin, de Luplanté (Illiers), garde mobile.

Louis Mauger, d'Ozoir-le-Breuil (Châteaudun), garde mobile.

Célestin Bois, de Montigny-le-Gannelon (Cloyes), garde mobile, mort à l'ambulance.

Augustin Lesage, de Dambron (Orgères), garde mobile.

Louis Désélus, de Nonvilliers-Grand-Houx (Thiron), garde mobile.

Victor Germond, de Vieuvicq (Brou), garde mobile, parti chez lui.

Charles Leblanc, de Droue (Maintenon), garde national.

Tricheux, de Hanches (Maintenon), garde national.

Lepère père, d'Epernon, vieillard de 74 ans.

Total au 12 octobre 1870, 23 blessés et 1 malade.

En récapitulant spécialement les pertes du 4ᵉ bataillon, nous trouvons parmi les morts :

Louis-Désiré Couvé,	de la 1ʳᵉ compagnie.	
Jacques-Eugène Leroy,	2ᵉ	—
Dominique Martin,	4ᵉ	—
Lutton, tête emportée,	6ᵉ	—
Rousseau,	6ᵉ	—

Ce dernier eut la jambe droite brisée par un obus et mourut par suite d'hémorragie.

Parmi les blessés :

Athanase Brout,	de la 1ʳᵉ compagnie.	
Le sergent Louis Mercier,	2ᵉ	—
Alphonse Drouin,	2ᵉ	—

Ce jeune mobile, qui était attaché comme ordonnance au commandant de CASTILLON, eut la moitié du visage emporté.

Le sergent PINEAU,   de la 2ᵉ compagnie.

Ce jeune homme continua de se battre malgré sa blessure.

Louis VILETTE,	de la 4ᵉ compagnie.
Victor GONSARD,	5ᵉ —
Adolphe MEUNIER,	5ᵉ —

Ce jeune homme, qui est originaire de Saint-Bomert, fut atteint d'un éclat d'obus au mollet ; on le soigna d'abord à Chartres, puis à l'ambulance de la Grève, et il donna un bel exemple du sentiment du devoir en venant nous rejoindre de lui-même au camp de Bourth dès qu'il se sentit capable de reprendre son service.

GOMBERT,	de la 6ᵉ compagnie.
Alexandre CORRON,	6ᵉ —
Jules BRETON,	7ᵉ —
GÉLIN,	7ᵉ —
Jean-Louis GOUIN,	8ᵉ —
Louis BROUARD,	8ᵉ —
Louis DÉZÉLUS,	8ᵉ —
Le sergent-fourrier Henri BLIN,	8ᵉ —

A la liste des tués et blessés j'ajouterai celle des hommes cités pour leur courage par les capitaines des compagnies auxquelles ils appartenaient :

Jules RÉPÉRANT,	de la 2ᵉ compagnie.
Adrien MOISARD,	—
Le sergent-major Ernest TRAVERS,	—
Le sergent PINEAU,	—
GIRARD,	de la 3ᵉ compagnie.
Le sergent LECOMTE,	de la 4ᵉ compagnie.
PINEAU,	—
GAUDIAU,	—
AMMONIÈRE,	—
LESAGE,	—
Et JEREY,	—

GALLOU et LESOURD, de la même compagnie, transportèrent le commandant LECOMTE à l'ambulance.

Le sergent-major MARTIN,	de la 5ᵉ compagnie.
Paul PRÉ,	—
Henri LOISON,	—
Les sergents HOMMEY,	de la 7ᵉ compagnie.
— MOULLIN,	—
— et RADIGUET,	—
FEUGEREAU,	de la 8ᵉ compagnie.
BOTTINEAU,	—
MAYEN,	—
JALLON,	—
DUPUIS,	—
DUCŒURJOLLY,	—
HUNON,	—
BOUILLÉ,	—
Et CHARRON,	—

D'après les renseignements que j'ai recueillis de diverses sources, il paraît avéré que les forces ennemies qui attaquèrent Epernon, le 4 octobre 1870, se composaient d'environ 3,000 hommes, dont deux escadrons de cavalerie, hussards bleus et rouges, uhlans et cuirassiers de Mecklembourg, 150 artilleurs et 7 pièces de canons; le reste appartenait à l'infanterie bavaroise.

Nous étions donc inférieurs à l'ennemi en nombre et en armement, n'ayant ni cavalerie pour nous éclairer, ni artillerie pour répondre à la sienne, et disséminés sur un très-grand périmètre pour défendre les abords de la ville.

En examinant attentivement le terrain depuis le combat, j'ai pu me rendre compte de la marche suivie par l'ennemi et des positions que nous avons respectivement occupées toute la journée, et me former une opinion, que j'ai été heureux de voir partagée par M. Maillet, maire d'Epernon.

D'après l'appréciation même de ce dernier, extraite d'une dépêche adressée par lui au Préfet d'Eure-et-Loir, le 28 septembre, il eût fallu pour défendre utilement la ville:

1,000 hommes sur la grande route.

1,000 sur le plateau de la Diane.

1,000 sur celui des Marmousets.

En les reliant par un cordon de tirailleurs on eût pu ainsi empêcher l'ennemi d'approcher des plateaux.

Au lieu de cela, nous n'étions que 2,000 au commencement de la journée;

une partie lâcha pied à la butte des Marmousets, et, tout en constatant ce fait regrettable, il faut se hâter de le justifier en expliquant que c'étaient tous jeunes gens qui allaient au feu pour la première fois, qui n'étaient ni exercés au maniement des armes, ni disciplinés, et qui subissaient l'immense panique répandue dans le pays par la nouvelle des revers de nos armées dans l'Est.

Une autre partie maintint ses positions sur le plateau de la Diane, mais elle était insuffisante pour occuper les bois, et c'était surtout dans ces bois qu'il eût fallu se concentrer pour dominer la vallée de Raizeux et surveiller de là tous les mouvements de l'ennemi.

Aucun des renforts demandés n'arriva à temps pour prendre part à l'action, ni les 1ᵉʳ et 3ᵉ bataillons d'Eure-et-Loir, qui ne dépassèrent pas la gare de Maintenon, ni les mobiles du Lot-et-Garonne que j'étais allé le matin prévenir à Ecrosnes et que M. Maillet invita à une heure de l'après-midi à quitter Gallardon pour venir à notre secours.

Quand une fois l'infanterie bavaroise se fut emparée des bois de la Diane et que l'artillerie se fut installée sur le plateau des vignes d'où elle pouvait diriger son feu par-dessus la ville sur les routes de Gallardon et de Maintenon, il n'y avait plus d'autre ressource que celle indiquée par le commandant de Castillon, de se retrancher dans les maisons et de s'y défendre.

C'est ce que firent instinctivement quelques habitants, et indépendamment du gamin dont j'ai parlé, qui à l'encoignure du pont et de la maison de M. Jumentier-Richard tirait sur les sentinelles avancées, il paraît que quelques gardes nationaux continuèrent également le feu et que l'un d'eux reçut une balle dans la cuisse.

Cette résistance désespérée n'eût pas sauvé la ville et l'eût exposée, au contraire, à de plus graves dégâts que ceux qu'elle a soufferts.

Grâce au bon ordre avec lequel se fit la retraite, il ne resta que peu de prisonniers entre les mains des Prussiens :

Un officier de notre bataillon qui fut relâché au bout de quelques jours, dans des circonstances assez mystérieuses.

Les gardes mobiles Pinceloup, de la 4ᵉ compagnie, et Bailleau, de la 7ᵉ compagnie.

Un caporal du 2ᵉ bataillon qui fut conduit par des hussards à Rambouillet.

Quelques blessés emportés à l'hôpital de cette ville, un conseiller municipal d'Epernon, M. Desfriches, et l'abbé Paty de Chartres, ramenés en cabriolet sous bonne escorte et expédiés le lendemain sur St-Cyr, conformément aux ordres donnés par le grand-duc de Mecklembourg qu'une blessure retenait au château du Mesnil-Saint-Denis.

Du côté de l'ennemi, il paraît que le chiffre des pertes fut assez considérable, et bien qu'on ne puisse l'apprécier que très-approximativement, en raison de la précaution qu'il prenait d'emporter toujours loin du champ de bataille ses tués et ses blessés, on est d'accord à Epernon et à Rambouillet pour le fixer à 242 hommes mis hors de combat.

Si ce résultat était certain, ce serait pour nous une grande consolation de la perte du terrain d'avoir au moins infligé à l'ennemi plus de blessures que nous n'en avons reçu, et, outre que l'honneur des armes serait sauf, la proportion serait toute à notre avantage, puisque nous n'avons eu qu'un cinquième de ce chiffre de touchés dans nos rangs.

Ce fait n'a du reste rien que de très-plausible, si on considère que les Bavarois avançaient en colonnes serrées et compactes, se découvrant forcément pour marcher sur nos positions, tandis que nos jeunes gens embusqués en tirailleurs derrière des sillons et des plis de terrain visaient leurs ennemis, et que quelques-uns d'entre eux, qui passionnés pour le braconnage ne voyaient dans ce combat qu'une ouverture de chasse d'un nouveau genre, manquaient rarement leurs coups.

Tous ceux qui étaient près de moi ont vu les Bavarois grimper jusque dans les arbres pour mieux tirer sur nous, et sans pouvoir nous atteindre, car leurs balles passaient toutes au-dessus de nos têtes, tandis qu'ils n'étaient abrités que par quelques branchages et que notre feu faisait des ravages considérables dans leurs rangs.

Un témoignage irrécusable, ce sont les cadavres qu'on a relevés sur la lisière de ce bois après le départ des chariots qui emportaient les tués et les blessés. Quatre Bavarois morts furent encore découverts dans les buissons et enterrés d'abord dans les vignes; ils furent exhumés au bout de trois semaines et transportés définitivement dans le cimetière d'Epernon. Ce sont sans doute ceux que nous avons vus tomber des arbres comme des oiseaux morts et que les broussailles qui obstruent la levée avaient empêché leurs camarades de découvrir.

Quoi qu'il en soit, la résistance opposée par les gardes mobiles et les gardes nationaux réunis dura cinq heures, et la prolongation même de la lutte prouve qu'il y avait dans le cœur de ces soldats improvisés un désir ardent de défendre la frontière de leur département et les abords de leur ville. C'était pour eux le baptême du feu, et ils se fussent certainement et promptement aguerris au sifflement des balles et au bruit du canon, sans la série de capitulations honteuses et de retraites désordonnées qui suivirent ce premier engagement.

Je ne relèverai pas les blâmes jetés sur la garde mobile par le Préfet d'Eure-et-Loir dans son *Bulletin départemental*, ni par quelques journaux après lui, parce que, selon moi, les jugements portés avec précipitation, par des gens qui se sont aussi soigneusement tenus à distance du danger qu'ils y ont imprudemment exposé les autres, n'ont aucune valeur.

C'est aux souvenirs des témoins oculaires seuls que l'on appelle pour juger de notre conduite dans cette journée.

Chartres. — Imp. de GEORGES DURAND, rue de l'Hospice.

9

PARAITRONT SUCCESSIVEMENT:

LA DEUXIÈME PARTIE

CHARTRES

LA TROISIÈME PARTIE

DREUX

LA QUATRIÈME PARTIE

MARCHENOIR

LA CINQUIÈME PARTIE

LE MANS

Chartres. — Imp. de GEORGES DURAND, rue de l'Hospice.